ro
ro
ro

Unser Grauen davor, alt und dick zu werden,
ist bemerkenswert, weil die meisten Menschen auf
der Welt keines dieser beiden Probleme haben.

George Michael

Auch Männer kommen in die Wechseljahre, «Andropause» heißt das. Eine Tragödie für Paul und seine Freunde. Dass die Augen schlechter und die Haare grau werden, geht ja noch. Aber Herbst auch in der Hose, da hört der Spaß auf. Und so sitzen die gedemütigten Mannsbilder auf rückenfreundlichen Sofapolstern und sprechen sich gegenseitig Trost zu, während der Testosteronpegel stetig abnimmt ...

Ralf König verschließt nicht die Augen vor dem Älterwerden und hat ein Trostmittel: Lachen. Ein Werk der Reife und eine so komische wie ehrliche Auseinandersetzung mit dem Unvermeidlichen.

RALF KÖNIG

HERBST
IN DER
HOSE

ROWOHLT
TASCHENBUCH
VERLAG

Veröffentlicht im Rowohlt Taschenbuch Verlag, August 2020
Copyright © 2017 by Rowohlt Verlag GmbH,
Reinbek bei Hamburg
Covergestaltung any.way, Hamburg,
nach einem Entwurf von Anzinger und Rasp, München
Coverabbildungen Ralf König
Herstellung Daniel Sauthoff
Lithografie Susanne Kreher
Druck und Bindung CPI books GmbH, Leck, Germany
ISBN 978-3-499-00465-0

KNATTER
KNATTER
ZSSSISTEL
PAFF!
SPOTZ
KNALL!
PAC
PAC
FLOP!
PLATZ!
PFEIF
JAUL!
BAMS!
BOMS!
ZISCH!
ZÜND
ZSSSISTEL
FAUCH!
FROHES
NEUES
JAAHR!!!

DU BIST ES! FAST NICHT ERKANNT NACH ALL DEN JAHREN!

FROHES NEUES!

HI... ÄH...

DU WEISST NICHT MEHR, WER ICH BIN. MEIN NICKNAME BEI GAYROMEO WAR BOCKWURST-COLOGNE!

?!

GRUNZ...

BOCKWURST! KLAR! WIE GEHTS?!

ACH, NAJA... MUSS JA. NUN HAB ICH MIR AUCH NOCH DEN ISCHIASNERV VERKLEMMT.

OH.

JA. ZU SCHNELL GEBÜCKT UND ZACK!

BEIM FICKEN?

WAS? NEIN. BEIM WÄSCHE-AUS-DER-WASCHMASCHINE-HOLEN! WIESO BEIM FICKEN?

NA, DU HAST DICH DOCH IMMER ZU SCHNELL GEBÜCKT!

ACH JE... DIE ZEITEN SIND VORBEI! ICH WOHN IN LEVERKUSEN UND BIN VERHEIRATET!

MONOGAMIE?!

SO IN ETWA.

IST NICHT WAHR...

ERST GEHT MAN IMMER SELTENER ZUM SPORT UND DANN GAR NICHT MEHR, MAN KRIEGT'N BAUCH, DIE HAARE WERDEN GRAU, DIE CHOLESTERINWERTE KÖNNTEN BESSER SEIN, MAN KLEMMT SICH DEN ISCHIAS, UND AM ENDE IST MAN MONOGAM!

ALSO ... HAB ICH NOCH NICHT –

HAST NOCH'N DUNKLEN BART FÜR DEIN ALTER! ABER DAS GEHT AUCH GANZ SCHNELL. ICH BIN SCHON GANZ WEISS ÜBERALL!

AH. NAJA, ICH SOLLTE JETZT LANGSAM ...

WENN DU MAL SCHARF AUF MEINE BRUSTHAARE WARST, GUCK DIR DAS AN!

...WANDERN DURCH DEN WEISSEN WINTER-WALD...

ACH, DU SCHAAISSE ...

EBEN. AB MITTE VIERZIG –

DAS IST JA WIRKLICH FURCHTBAR!

DU WARST DOCH SCHWARZ BEHAART WIE EIN JUNGER SIZILIANER!

TJA, ES WAR EINMAL ...

WIE ENTSETZLICH...

MEIN HANDY IST DEFEKT. GENAUER GESAGT, NUR EINE TASTE, UND ZWAR DIE 7!

SEHEN SIE, DIE TUTS NICHT MEHR!

DAS IST EIN HANDY?

JA... SICHER. WAS DENN SONST?

JUSTIN?!

JUSTIN, KOMMST DU MAL? DER ÄLTERE MANN DA...

OH. JA, DAS... IST EIN HANDY. NOKIA. AN DIE FÜNFZEHN JAHRE ALT?

OK... ALSO, ICH KANN IHNEN AKTUELL UND IM ERSTEN MONAT KOSTENLOS DAS NEUE FLASHPHONE-2445 ANBIETEN!

TESTSIEGER! FÜR MOBILES INTERNET VIA UMTS - VERBINDUNG UND MIT DEM NEUEN MATCHPOINT - BETRIEBS-SYSTEM, NATÜRLICH MIT DOPPEL-DATENFLAT UND UNBEGRENZTEM VOLUMEN FÜRS UP - AND DOWNLOAD!

ICH MÖCHTE EIGENTLICH NUR TELE-FONIEREN.

SEHEN SIE, UND DAZU VERSCHAFFT IHNEN FLASHMOBILE DIE VOLLE REDE-FREIHEIT!

UND DAS SOLLTEN SIE NICHT UNTER-SCHÄTZEN: HANDY UND HANDYVERTRAG GELTEN MEHR DENN JE ALS AUSDRUCK DER EIGENEN PERSÖNLICHKEIT!

AHA?

SIE KÖNNEN FLATS BUCHEN FÜR TELE-FONATE, SMS, MOBILES INTERNET UND E-MAIL, BEI AUSWAHL ZWISCHEN BASIS-FLAT, FESTNETZ-FLAT, ALLNET-FLAT, SMS-ALLNET-FLAT UND INTERNET-FLAT!

DAS -

SICHER BEGEISTERT SIE DIE MULTI-TASKING-FÄHIGKEIT, DENN DAMIT KÖNNEN SIE MEHRERE PROGRAMME KOMPLIKATIONSLOS GLEICHZEITIG NUTZEN!

NEIN, BEGEISTERT MICH EIGENTLICH NICHT.

DANN INTERESSIERT SIE VIELLEICHT DIE INTEGRIERTE DIGITALKAMERA MIT EINSKOMMANEUN MEGAPIXELN, VIER-FACHEN ZOOM UND VIDEOFUNKTION!

ABER ICH WILL NUR...

BLUETOOTH, WLAN UND UUPS-SCHNITT-STELLE...

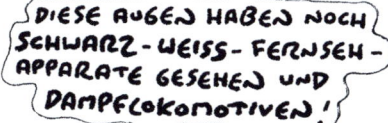

WENIG SPÄTER ...

riphahn

SCHON WIEDER EIN NEUES JAHR! NICHT ZU GLAUBEN...

ICH HAB GRAD VERSUCHT, EIN MOBILTELEFON ZU KAUFEN.

JA, KAUM IST WEIHNACHTEN VORBEI, IST SCHON WIEDER ADVENT!

SCHON, WIE DU MOBILTELEFON SAGST, AHNE ICH...

DIE HABEN MICH ANGESTARRT, ALS WÄR ICH ÖTZI UND MEIN ALTES HANDY EIN FAUSTKEIL!

ICH WILL NICHTS IN DER HOSENTASCHE HABEN, WOMIT ICH INS INTERNET KANN! WENN ICH DIE ALLE SEHE, WIE SIE MIT DEN NASEN AM SMARTPHONE KLEBEN...

JA, WIR HABEN DAS NOCH ERLEBT, OHNE COMPUTER...

ICH SCHWING MICH MUNTER INS BAD UND FREU MICH SCHON, DASS ES DAS WOMÖGLICH WAR MIT DEM KLIMAKTERIUM, UND PROMPT UNTER DER DUSCHE: BLUT. ALSO ALLES WIEDER VON VORN!

BRIGITTE IST IN DEN WECHSELJAHREN.

AH.

UND DAS BLUTET?

DU VERARSCHST MICH DOCH JETZT.

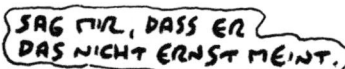

SAG MIR, DASS ER DAS NICHT ERNST MEINT.

NA, MAN HÖRT JA MANCHMAL DAVON, DASS BEI FRAUEN IRGENDWELCHE EIER SPRINGEN! HAT ES WAS DAMIT ZU TUN?

DIE MENOPAUSE! DANN HÖRTS AUF MIT DER MENSTRUATION! WO WARST DU DENN IM BIOLOGIEUNTERRICHT?!

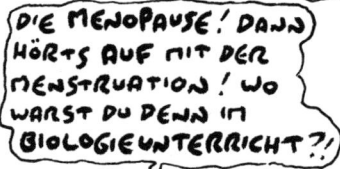

WIESO BIOLOGIEUNTERRICHT?!
DAS WEISS MAN DOCH EINFACH!

DIE WEIBLICHEN INNEREIEN BLIEBEN MIR GEWISSERMASSEN FACHFREMD.

PAUL...

PAUL, FROHES NEUES! WAS WILLSTE TRINKEN?

'NE COLA!

IRGENDWELCHE EIER SPRINGEN! ICH GLAUBS NICHT...

ABER FAIRERWEISE KRIEGT IHR DAS JA JETZT AUCH.

WAS KRIEGEN WIR?

DARAN WIRD GRAD GEFORSCHT. DER MANN AB MITTE VIERZIG HATS AUCH NICHT LEICHT.

BISHER GALT ES EINFACH ALS MIDLIFE-CRISIS! ABER NUN NIMMT MAN AN, DASS ES SO WAS WIE DAS KLIMAKTERIUM DES MANNES IST.

MIT ÄHNLICHEN SYMPTOMEN WIE BEI DER MENOPAUSE!

QUASI DAS AUFHÖREN DER SEXUAL-FUNKTION BEIM MANN. ES HAT AUCH EINEN NAMEN: ANDROPAUSE!

ALSO, MEINE SEXUAL-FUNKTIONEN -

DAS IST GRIECHISCH: ANDRO HEISST MANN UND PAUSIS HEISST ENDE.

DAS AUFHÖREN DER SEXUALFUNKTION BEIM MANN

WENIG SPÄTER ...

ICH HAB MAL GEGOOGELT!

HM ?!

"ANDROPAUSE" ...

ICH WEISS NICHT, OB ICH'S WISSEN WILL!

"VERANTWORTLICH FÜR DIE ANDROPAUSE IST DIE ABNAHME DER PRODUKTION MEHRERER HORMONE, BESONDERS DER SEXUALHORMONE DES MANNES."

DAS IST NUR 'NE WISSENSCHAFT-LICHE THESE! DAS IST KEINES-WEGS GESICHERT!

"ANDERS ALS BEI DEN FRAUEN BRICHT DIE PRODUKTION DER MÄNNLICHEN HORMONE NICHT EINFACH AB."

"AB ETWA DEM VIERZIGSTEN LEBENS-JAHR SINKT DER TESTOSTERON-SPIEGEL LANGSAM, ABER STETIG AB. DARAUS ERGEBEN SICH FOLGENDE SYMPTOME..."

GROBE VERALLGE-MEINERUNG!

NA, DAS WÄRE JA NOCH SCHÖNER! ALS WENN DIE PRODUKTION MÄNN-LICHER SEXUALHORMONE EINFACH SO ABBRICHT! IST JA LACHHAFT!

DA DRAUSSEN GIBT ES GANZE MÄNNERCHÖRE, DIE MEINEN TESTOSTERON-SPIEGEL BESINGEN!

OK, "GERINGERES SELBSTVERTRAUEN" FÄLLT SCHON MAL WEG.

"ANTRIEBSSTÖRUNGEN, GEMÜTS-SCHWANKUNGEN, ÄNGSTLICHE VER-STIMMUNGEN, GEFÜHLSWALLUNGEN."

SOLANG'S IN DER HOSE WALLT...

"ANSTIEG DES KÖRPERGEWICHTS, MIT ZUNAHME DES KÖRPER-FETTANTEILS."

NUN, DAS...

STIMMT.

OK, HAB NEULICH NOCH ÜBER-
LEGT, OB ICH MAL ÜBERLEGEN
SOLLTE, MAL WIEDER ZUM
SPORT...

"VERGRÖSSERUNG DER
BRUSTDRÜSE DES
MANNES."

GENAU. DAS NENNT SICH
NIPPELPLAY! DA IST JEDER
MILLIMETER EHRLICHES
HANDWERK!

"VERMINDERTER BARTWUCHS,
ABNAHME DER KÖRPER-
BEHAARUNG."

AUF MEINER VEREHRERLISTE
STEHEN DREI KÜRSCHNER!

"NACHLASSEN DER LIBIDO, SELTENERE
MORGENEREKTIONEN, EREKTIONS-
STÖRUNGEN"!

HAST DU
GEHÖRT?

HM?

WAS?

"NACHLASSEN DER LIBIDO,
EREKTIONSSTÖRUNGEN"!

NEIN! NJET!
NON! NO!

NIE?! NICHT DIE
GERINGSTE EREKTIONS-
STÖRUNG?

ICH BLICKE ZURÜCK AUF
JAHRZEHNTELANGEN
STÖRUNGSFREIEN
VERKEHR!

OK. "VERRINGERUNG
DES HODENVOLUMENS".

KASSANDRA

ROLLMÖPSE

DU SOLLST IHN AUCH NICHT HOCHKRIEGEN, DU SOLLST KARNEVAL FEIERN!

ICH MEINE SINN-BILDLICH! ICH KRIEG DEN BATMAN NICHT AUS DEM KELLER!

SCHEISSE, WÄR ICH DOCH NACH BERLIN GE-FLÜCHTET!

ODER HAMBURG, NOCH BESSER!

JETZT HÖR ICH DRAUSSEN DAS TRÖMMELCHE, UND MEIN HERZ BLUTET!

NA, DANN BLUTE NICHT, SCHUNKEL!

ABER ICH HAB KEINE LUST! KARNEVAL IN KÖLN IST IMMER SO GEWALTIG!!

SEUFZ... KEINER HAT MEHR LUST! WO SIND DIE ÜBERHAUPT ALLE?! MANFRED, WERNER, THORSTEN, DIE GANZE ELITE-TRUPPE? HORST?!

MANFRED IST NACH OLDENBURG, WERNER IST MIT SEINEM LANG-WEILER VERPART-NERT...

JA, DIE GUCKEN BESTIMMT BÜTTENREDEN IM WEST-DEUTSCHEN RUNDFUNK!

...THORSTEN IST ZUR KUR UND HORST HAT LEBERWERTE!

TJA. WIR WERDEN ALT.

ABER DASS ICH DICH MAL ZUM KARNEVAL ÜBERREDEN MUSS! WAS TRINKST DU DA, TEE?!

INGWER-ZITRONE.

DREI KÖLSCH UND'N JOINT, UND DU BELÄSTIGST WIEDER DIE HUNNENHORDEN! ERINNERE DICH! WAS IST DER KÖLNER KARNEVAL OHNE DEN SCHWARZEN RÄCHER?!

ICH ERINNERE MICH.

EEEINMAL EIN' REIN...

KANN RUHIG SO DICK WIE'N TISCHBEIN SEIN...

EEEINMAL EIN' REIN...

SUPER! BATMAN IN JEANS!

SIE WERDEN DEN ZOCH DESWEGEN NICHT ABSAGEN! GUCKT DOCH KEINER!

GENAU! GUCKT KEINER! DRUM BLEIB ICH HIER!

KÖLLE ALAAF!

ANDROPAUSE ALAAF!

ANTRIEBS- STÖRUNG ALAAF!

JETZT KOMM MIR NICHT SO!!

WENIG SPÄTER ...

SEH ICH SEHR BESCHEUERT AUS?

ES IST KARNEVAL! DU DARFST BE- SCHEUERT AUS- SEHEN!

DARUM GEHTS!

JETZT KOMM!

DENK AN ALL DIE NETTEN OMIS MIT DEN MICKY- MAUS-OHREN, DIE JETZT AUF DEM HEU- MARKT SCHUNKELN! DIE WOLLEN AUCH KEINEN MEHR REIN!

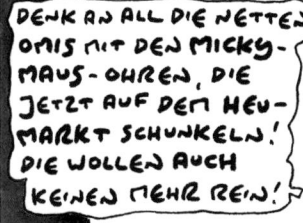

DIE SIND FRÖHLICH UND SINGEN UND BÜTZEN EIN BISSCHEN UND GEHEN ABENDS NACH HAUSE UND HABEN EINEN SCHÖNEN TAG GEHABT!

ICH BIN ABER KEINE OMI MIT MICKY-MAUS- OHREN, ICH BIN BATMAN!

ICH HAB'N RUF ZU VERLIEREN!!

TÜR- KLAPP!

WENIG SPÄTER ...

KRATZ KRATZ

STÖHN...

SCHRILL
SCHRILL
SCHRILL

DENN JETZ FIERE MER LESBISCHWUL NIT IN ROM NIT IN ISTAMBUL, NÄNÄ...

...JETZ FIERE MER IN KÖLLE!

PAUL, NICHT SO LAUT!

PAUL - BENIMM DICH!

HASSE DAS GEHÖRT, LUTSCHER?!

S'IS KARNEVAL IN KÖLN UN MEIN MANN SACHT, ICH SOLL MICH BENEHM!

KONRAD, ICH B'N... GLEICH WIEDER WEG, S'IS NUR, WEIL...

KOMM ERST MAL REIN.

WEISSU, WAS DEIN PROBLEM IS?!

ICH SACH DIR, WAS DEIN PROBLEM IS!

BIN GANZ OHR.

JA?

32

DA WAR'N TIGER, DER WAR SO SCHÖN! UN SO SEXY! UN SO JUNG!!!

UN DER HAT MICHNICH EINMAL ANGEGUCKT!!

NICH EINMAL!!!

TJA. SO IST DAS MIT TIGERN.

ICH WAR FÜR DEN GARNICH DA!!! VIELLEICHT STEHEN TIGER EINFACH NICHT AUF FLEDERMÄUSE.

KEINER HAT MEHR GEGUCKT!!

FRÜHER WAR ICH KLEIN UN NIEDLICH! HАМSE MIR ALLE GESAGT! KLEIN UN NIEDLICH!! ABER DU HATTEST HEUTE TROTZDEM SPASS. AUCH OHNE TIGER.

FRÜHER WOLLTENSE KARNEVAL IN CHAINS ALLE MITMIR BÜTZEN! MIT ZUNGE!!! DA MUSSTEN SIE BESTIMMT ERST NUMMERN ZIEHEN.

NÄÄ NÄÄ WAT WOR DAT FRÖHER NE SUPERJEILE ZICK - PAUL, NICHT SO LAUT!

SENIORENFREIZEIT

GUMMIENTEN - TREFFEN IN BERLIN? ACH, WEISST DU, ICH BIN SECHS JAHRE JÜNGER ALS DU UND HAB DAS FETISCHGEDÖNS SCHON VOR ZWEI JAHREN AN DEN NAGEL GEHÄNGT...

BEWUSST UND FREIWILLIG! IRGENDWANN WIRDS TRAGISCH, DEM WOLLTE ICH ZUVORKOMMEN! SOLLEN DIE JUNGEN ZWITSCHERN UND BALZEN, MIR ZU ANSTRENGEND!

DIE MEISTEN ALTEN MACHEN AUF JUNG, ICH MACH LIEBER AUF ALT, DAS IST VIEL ENTSPANNTER! ICH BIN DER JÜNGSTE IN DER SENIOREN-WANDERGRUPPE! OSTERN GEHTS IN DEN SCHWARZWALD!

HM.

WIE WÄRS, KOMM DOCH EINFACH MIT!

NEE, ICH BLEIB NOCH'N BISSCHEN TRAGISCH.

DRUCKVERLUST

HAEMATOKRIT
DIE FALTEN
LUSTSPIEL

– LETZTER GESANG! –

DER WALD STEHT STILL,
DER MOND SCHEINT FAHL,
VERNEBELT LIEGT DAS DORF IM TAL,
AUS DEM EIN RIESE DAZUMAL
ALLE JUNGEN MÄNNER STAHL!

DER RIESE WAR EIN ANDROPAUS!
ER STAPFTE WILD VON HAUS ZU HAUS,
ZERRTE BRUTAL AUS JEDER TÜR
NUR JUNGE MÄNNER SICH HERFÜR,

STOPFTE SIE IN EINEN SACK,
NAHM DEN SACK
DANN HUCKEPACK ...

UND WANKTE SO, MIT SCHWEREN SCHRITTEN,
VERFOLGT VON KLAGEN, FLÜCHEN, BITTEN
AUS LAUTHALS AUFGERISSNEN MÜNDERN
VON MÜTTERN, EHEFRAUN UND KINDERN
ZURÜCK IN FORSTES DUNKLE TIEFEN!

DANN WAR ES STILL!

NUR KÄUZCHEN RIEFEN.

**WAS MIT DEN MÄNNERN DANN GESCHAH,
IST DEN EXPERTEN NICHT GANZ KLAR!
MAN WEISS NUR, STRAFF, VITAL UND SCHÖN
HAT MAN SIE NIMMERMEHR GESEHN!**

SIE KEHRTEN WIEDER, DOCH ERGRAUT,
SCHWERMÜTIG, MÜDE, SCHLAFFE HAUT …
BEIM BÜCKEN PROTESTIERT DER RÜCKEN …

IHNEN VERGING DIE LUST ZU FICKEN!

ALL DIES BELASTET ALLZU SEHR
DOCH SPRICHT DARÜBER IRGENDWER?

NUR SELTEN HÖRT MAN MAL
GESCHICHTEN VON BETROFFNEN,
DIE BERICHTEN VON UNAUSSPRECH-
LICHEM GESCHEHEN TIEF IM WALD!

MAN KANNS VERSTEHEN,
EINFACH, WEIL ...

... ES VIEL ZU PEINLICH IM DETAIL!!!

SELBSTBEWUSST, NUR WENIG SPÄTER,
KAM AUS ATHEN EIN RIESENTÖTER,
DEN IM VORAUS MAN BEZAHLTE,
WEIL ER MIT SEINEN TATEN PRAHLTE!

HÖRT! ICH KANN ERGRAUTE STRÄHNEN IM MÄNNERHAAR NATÜRLICH TÖNEN!!!

MIT ETWAS SPORT NACH EIN PAAR WOCHEN KOMMT WIEDER FITNESS IN DIE KNOCHEN! UND IST DIE LIBIDO ERSCHLAFFT, BRINGT OBST UND ROHKOST NEUEN SAFT!!!

SO DEN PANZER UMGESCHNALLT, SCHRITT DER RECKE IN DEN WALD!

DOCH AUCH ER HATTE
KEIN GLÜCK.
ER KEHRTE GRAU UND
SCHLAFF ZURÜCK!

IN NEBELNÄCHTEN SEITHER KAUERN,
BETEND HINTER DICKEN MAUERN
DES GÖTTERTEMPELS ALLE JUNGEN
HELDEN, ENG UND DICHT GEDRUNGEN,
VOLLER ANGST,
ZUM MANN
ZU REIFEN ...

... NACH DEM DANN GRAUE
RIESEN GREIFEN!

ESCHÜTZ UNS, ZEUS, VOR DIESEM GRAUSEN!
EWAHR UNS VOR DEN ANDROPAUSEN!!!

46

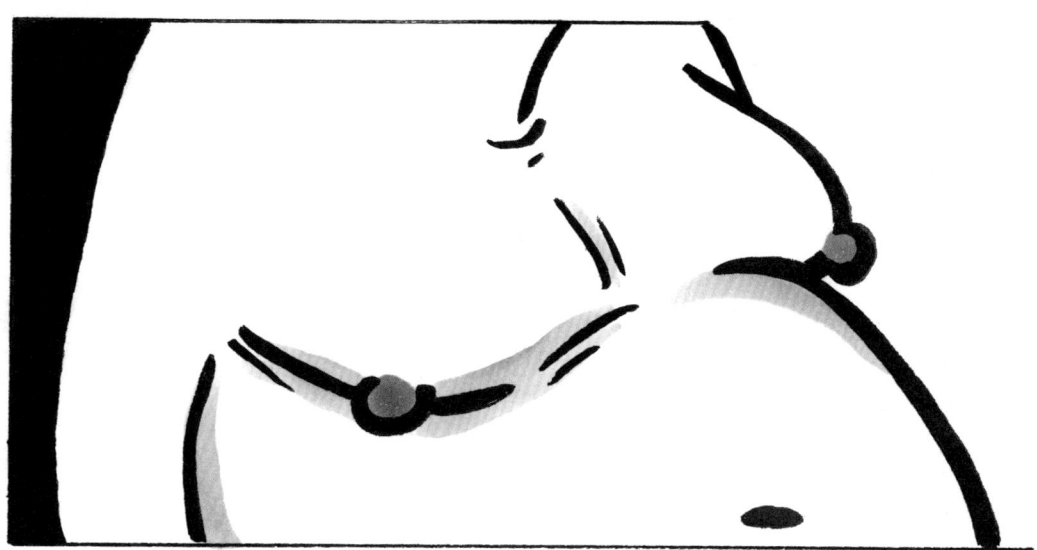

BIOLOGISMUS

FÜNFZIG

WENIG
SPÄTER ...

GUTEN MORGEN
UND HERZLICHEN
GLÜCKWUNSCH!

OH NEE...
ICH WILLNICH!

DOCH,
DOCH!

KANN DOCH NICHT
SEIN!

IRGENDWAS
STIMMT NICHT
MIT DER EIER-
UHR!

KEINE WIDERREDE! ALLES
GUTE ZUM FÜNFZIGSTEN!
GESUNDHEIT,
GLÜCK, LIEBE,
ERFOLG ...

LIBIDO...

LIBIDO GEHÖRT
ZU GESUNDHEIT
UND LIEBE DAZU!

VOR ALLEM
ZU GLÜCK!

51

ACH ?! DOSTOJEWSKI WAR SCHRIFTSTELLER !
IST MIR DOCH VOLL ENTGANGEN ! JETZT BIN
ICH ABER ECHT ÜBERRASCHT !

OK ... ENTSCHULDIGE.

SCHON ALLEIN
"PLATTEN"!

DANN GIB MIR "DER IDIOT",
DAS WIRD SCHON PASSEN !

SORRY...

IHR HALTET MICH
ALLE FÜR GANZ
BLÖD, ODER ?

NEIN, NEIN ! JE WENIGER SEX DU HAST,
UMSO INTELLEKTUELLER WIRST DU !
FÄLLT MIR IN LETZTER ZEIT IMMER
ÖFTER AUF.

ÄCHZ ...

GELASSENHEIT

HALBE HÄHNCHEN

WENIG
SPÄTER ...

KONRAD!
HI!

HE,
TINA!

KLAPP!

SCHÖN, DASS DU
DA BIST!

JA, FIND
ICH AUCH!

FLÜGELTIER!

KONTRABASS!
MIT BART!

VER-
WEGEN!

ABER DER BART IST NUN NICHT ZEICHEN EINER MIDLIFECRISIS ODER SO?

HÖHÖ... NEE!

HI.

?!

JAN! GOTT, BIST DU GROSS GEWORDEN!

OH. SO WAS SAGEN ALTE LEUTE, ODER?

HAT ER NICHT GEHÖRT! KNOPF IM OHR!

DA MACH ICH GLEICH DIE KUNDEN-WERBEFLASCHE WEIN VOM PIZZA-LIEFERSERVICE AUF!

ICH SAG NICHT NEIN!

IST DAS DER AUS SÜD-AFRIKA? DER MUSS ERST ATMEN!

ACH, WIRD SCHON NICHT ERDROSSELT SCHMECKEN!

UND? WIE GEHT'S?

HÖR BLOSS AUF, WIR HABEN 'NE NEUE GASTHERME! JETZT KRIEG ICH DIE HEIZUNG NICHT MEHR AN UND AUS.

FRÜHER GABS EIN RÄDCHEN FÜR WÄRMER UND KÄLTER UND DAS WAR'S! HEUTE KANN ICH DIE HEIZUNG AUCH ÜBERS INTERNET BEDIENEN. ICH KOMM DA NICHT MEHR MIT!

JAN, NIMM DIE STÖPSEL RAUS, JETZT IST WEIHNACHTEN!

WAS HÖRST DU DENN FÜR MUSIK AUF DEM TELEFON?

DIE CHARTS

AH. IST DAS 'NE GRUPPE?

DIE CHARTS! DIE HITPARADE!

ACH, ES GIBT NOCH HITPARADEN?

ZUM DOWN-LOADEN!

ACH SO, DOWNLOADEN. FRÜHER WAR DAS DIETER THOMAS HECK...

MON...

JA, HÖR DIR RUHIG AN, WAS ÄLTERE LEUTE ERZÄHLEN! MUSSTEN WIR FRÜHER AUCH!

UND PAUL? HATTE KEINE LUST?

PAUL HAT SEINE FREUNDE EINGELADEN. DIE STECKEN GRAD ALLE IN DER SINN-KRISE!

SCHADE, DASS ER NICHT HIER IST! ICH MAG SEINE SICHT AUF DIE DINGE!

GUIDO HAT NÄMLICH EINE KLEINE FREUNDIN. DESHALB SITZT ER AUCH JETZT SO BREITBEINIG DA RUM!

NA TOLL. WOMIT DIE STIMMUNG GLEICH IN EIMER WÄRE!

WIESO? DU SAGTEST, WENN WIR MIT JEMANDEM DARÜBER REDEN SOLLTEN, DANN MIT KONRAD UND PAUL!

JA, NACH'N PROBLEM! FROHE WEIHNACHTEN!

DOCH, ZUERST WARS SCHWIERIG.

SCHON UNSER ERSTER URLAUB IN ITALIEN DAMALS...

HOTEL FORI IMPERIALI CAVALIERI

★ ★ ★

IN ROM GING ER ABENDS NOCH MAL RAUS UND KAM DIE GANZE NACHT NICHT ZUM HOTEL ZURÜCK!

RRING!

?!

HALLO.?!

HEY, ICH BIN'S! ICH WAR AUF'NER PARTY, ABER ICH KOMME JETZT.

ALS ER DANN ENDLICH DA WAR, STANK ER NACH QUALM UND SEX UND WAR BEKOKST.

HI!

WOW, GEIL ...

CHRR ...

ICH FRÜHSTÜCKTE ALSO ALLEIN UND LAS ALLEIN IM REISEFÜHRER ...

CAFFÈ, SIGNORE?

SI, GRAZIE.

PREGO!

... UND WAR ALLEIN DEN GANZEN TAG IN ROM UNTERWEGS.

IRGENDWANN AM SPÄTEN NACHMITTAG KROCH ER AUS DEM BETT.

SCHLÜRF

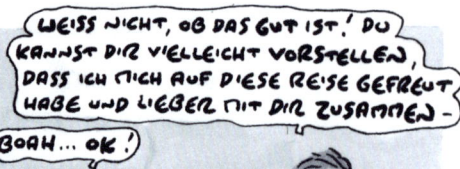

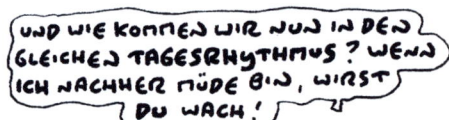

NEIN, DAZU WAR ICH VIEL ZU VERLIEBT...

ABER DANN WAREN WIR AM LETZTEN TAG DER REISE IN POMPEJI.

WIR MÜSSEN LANGSAM ZUM AUSGANG, DIE SCHLIESSEN GLEICH...

SCHADE, ICH HÄTTE GERN NOCH DIESE ROTE VILLA GESEHEN MIT DEN FRESKEN...

?!

?

HAST DU GESEHEN, DER HAT UNS ANGEGRINST!

NA, WOHL EHER DICH!

DER WILL UNS BESTIMMT DIE ROTE VILLA ZEIGEN!

WAS ?! DER WEISS DOCH NICHT MAL, DASS WIR DIE SUCHEN!

IST DOCH KLAR, WAS DER WILL!

ECHT ?! WOW!

WUSCH!

SPRANG DEM TYPEN NACH ÜBERN ZAUN IN EINEN ABGE-SPERRTEN ARCHÄOLOGISCHEN BEREICH, UND ICH STAND DA WIE EIN TROTTEL!

ICH BIN DANN MIT DEN ANDEREN TOURISTEN ZUM AUSGANG UND WARTETE AUF IHN.

DANACH KAM ES ERST ZU STUNDENLANGEM EISIGEM SCHWEIGEN UND DANN ZUM AUSTAUSCH VON ARGUMENTEN.

DENKST DU AUCH NUR EINEN AUGENBLICK DARÜBER NACH, WIE ICH MICH FÜHLE?!

ICH HAB NIE BEHAUPTET, DASS ICH EIN MÖNCH BIN!!!

ICH HAB SCHLUSS GEMACHT. IM FRÜHLING IN ROM!

SIEHST DU, UND ZUSAMMEN SEID IHR NOCH IMMER! SEIT ÜBER DREISSIG JAHREN!

TJA. ES IST WAS ES IST, SAGT DIE LIEBE.

SCHON AM NÄCHSTEN MORGEN HAB ICH BESCHLOSSEN, DASS ES DAS WERT WAR!

LASS UNS WEITERMACHEN. ICH LIEBE DICH.

GEIL.

71

Hey Grosser Merry X-mas! 😊 Dieses Jahr noch Bock auf'n Weihnachtsmann?

Nee, hab'n Hänger!

73

ICH HAB IHNEN MEIN LEBEN LANG GEZEIGT, WO DER HAMMER STEHT, NUR UM SELBST KEINEN LANGWEILIGEN SEX ZU HABEN! DA WILL ICH JETZT IM FORTGESCHRITTENEN ALTER AUCH MAL NUR DA LIEGEN UND SEUFZEN!

ES IST DIE HOMO-HÖLLE!

UND WAS IST MIT DIESEM VOLL-BÄRTIGEN TIER AUS ZÜRICH, MIT DEM DU SCHON SEIT JAHREN...

AUCH 'NE DOSE?!

INGO! NEIN! LOB UND PREIS AUF INGO!!!

DER KOMMT ZWAR NUR VIERMAL IM JAHR NACH KÖLN, ABER DANN SETZT ER SICH MIT SEINEM WUNDERVOLLEN ARSCH AUF MEIN GESICHT, UND DAS LEBEN IST SCHÖN!

WO WIR GRAD MAL BEIM THEMA SEX SIND...

SIND WIR JA SO SELTEN.

ICH ATME TIEF DURCH UND FRAG EUCH WAS.

JA, OFT LIEGT DAS GLÜCK IN DEN KLEINEN DINGEN...

ALSO...PASSIERT SCHON NOCH, ABER...

ERZÄHL MIR WAS. WENN ICH MORGENS EINEN HART HAB, GIBTS SEKTFRÜHSTÜCK.

ICH HAB KEINEN MORGENSTÄNDER MEHR.

OK. UND ICH DACHTE, ICH BIN ALLEIN MIT DEM PROBLEM.

PAUL —

MACHEN WIR UNS NICHTS VOR, MORGENS MIT'M HARTEN AUFWACHEN, DA FÄNGT DER TAG GANZ ANDERS AN!!

JA, ICH ERINNERE MICH...

...WAR SCHON SCHÖN, KANN MAN NICHT ANDERS SAGEN.

UND DAS KANN DOCH NICHT SCHON ALLES VORBEI SEIN!!

MAN HÖRT DOCH MANCHMAL VON ALTERSGEILHEIT, WAS IST DAMIT ?!

BERLUSCONI! STRAUSS-KAHN!!

GOETHE!!

DIE ALTEN SÄCKE FEIERTEN NOCH NUTTEN-PARTYS UND BEGRABSCHTEN ZIMMER-MÄDCHEN!!!

VIELLEICHT AUS VERZWEIFLUNG? HATTEN SIE DABEI EINEN HART ?

WEISS MAN'S?

PAUL, AB FÜNFZIG TRANSFORMIEREN WIR ZU GRAUEN HÄNGEBAUCH-SCHWEINEN! DA HILFT NUR SPORT, GESUNDE ERNÄHRUNG UND VERZICHT AUF DROGEN!

UND DARUM SETZ DICH WIEDER AUF DEN FETTEN ARSCH UND ISS DEIN FETTES HÄHNCHEN!

OHNE DROGEN STEH ICH DAS KLIMAKTERIUM NICHT DURCH.! AUF KEINEN FALL !!

ICH DREH UNS ALS DESSERT EIN JOINTCHEN. GANZ ALTERS-MILD!

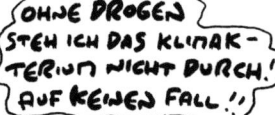

WENIG SPÄTER...

ICH BINS! FROHE WEIHNACHTEN!

UND? WIE WARS AUF DEM LAND? SCHNEEBEDECKTE TANNEN?

ETWAS ANSTRENGEND.

GUIDO HAT EINE SPÄTE AFFÄRE, TINA DREHT AM RAD, UND ICH MACHTE DEN EHEBERATER.

STÖHN... FRAUEN! REDEN IMMER VON SEXUELLER SELBSTBESTIMMUNG, ABER MEINEN NUR IHRE EIGENE!

ICH HAB DEN BEIDEN VON UNSEREM STRESS IN ROM ERZÄHLT, DAMALS...

WIR HATTEN STRESS IN ROM?

WIR HATTEN STRESS IN ROM UND DANACH IN POMPEJI! JETZT SAG NICHT, DU ERINNERST DICH NICHT!

ICH ERINNERE MICH NICHT.

POMPEJI! DU BIST EINFACH MIT DEM TYPEN HINTER DIE ABSPERRUNG GESPRUNGEN! ICH HAB MICH DANACH FAST VON DIR GETRENNT!

STIMMT, DA WAR WAS!

PER WAR NOTGEIL! WOW! MEIN GANZER UNTERARM WAR NASS!

GUT, DASS ICH DAS DREISSIG JAHRE SPÄTER NOCH ERFAHRE!

DESWEGEN HATTEN WIR STRESS?! ERNSTHAFT?

JA, UND DESWEGEN HABEN WIR GLEICH WIEDER STRESS, ERNSTHAFT!

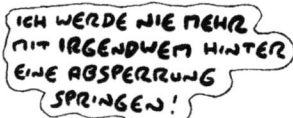

ICH WERDE NIE MEHR MIT IRGENDWEM HINTER EINE ABSPERRUNG SPRINGEN!

SELBST, WENN MICH HEUTE NOCH EINER WOLLTE, ICH KÄME GAR NICHT SO SCHNELL ÜBERN ZAUN!

UND NOCH GLEICHZEITIG EINEN HART KRIEGEN! WIE HAT MAN DAS DAMALS NUR ALLES GESCHAFFT?!

PAUL, DU MUSST AUCH NICHT MEHR SCHNELL ÜBERN ZAUN!

IST ES DENN NICHT AUCH ANGENEHM, MIT DEM ALTER ETWAS RUHIGER ZU WERDEN?

ABER MAN IST NIE WIEDER NOTGEIL, UND AM ENDE SEH ICH AUS WIE MEIN VATER!

NEIN, DU GEHST EHER NACH DEINER MUTTER.

OH MEIN GOTT!!!

SEUFZ... KOMM MAL HER!

DEIN VATER IST ACHTZIG! UND AUCH ALTE LEUTE HABEN NOCH SEXUALITÄT!

KAUM ZU GLAUBEN...

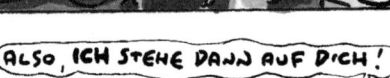

DAS IST JA AUCH EIN TABU! ALTE MENSCHEN HABEN STILL IM SESSEL ZU SITZEN UND NICHT WEITER AUF-ZUFALLEN!

UND STEHEN ALTE DANN AUF ALTE?!

ALSO, ICH STEHE DANN AUF DICH!

HM.

UND ICH BIN SEHR FROH, DASS ICH DICH DAMALS IN ROM NICHT VERLASSEN HABE!

HM.

WEIL DU NÄMLICH MEIN MANN BIST. FROHE WEIH-NACHTEN!

ICH DICH AUCH.

EINSCHLÄGE

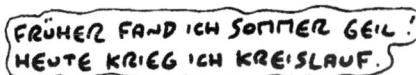

FRÜHER FAND ICH SOMMER GEIL! HEUTE KRIEG ICH KREISLAUF.

ICH HAB 'NE BRILLE.

DU SAGST DAS, ALS HÄTTEN SIE DIR 'NE NIERE ENT- NOMMEN.

SIEHT AUCH SCHEISSE AUS.

ICH HAB AUCH 'NE BRILLE. GANZ WICHTIG: NIEMALS MIT BRILLE WOHNUNG PUTZEN!

DU WIRST NIEMALS FERTIG!

IMMER IST NOCH 'NE STAUBFLUSE IRGEND- WO!

DU HAST AUCH 'NE BRILLE? ECHT?

NUR FÜR DEN HAUSGEBRAUCH.

SETZ MAL AUF!

ERST DU!

OK, DU MIT BRILLE, ICH MIT BRILLE! UND DANN EHRLICHES STATEMENT!

GUT. ICH HOL SIE.

WUSSTEST DU, DASS VIELE SCHWULE IM ALTER ENTWEDER DEPRESSIV WERDEN ODER SICH MIT DROGEN BEDRÖHNEN ODER GLEICH SUIZID BEGEHEN?!

WARUM SAGST DU DAS JETZT?

WEIL, NICHT MEHR FUCKABLE! HAT MIR MARCUS NEULICH GESAGT!

WARUM SAGST DU DAS GRAD JETZT, WO DU MICH MIT BRILLE SIEHST?!

ICH SAG JA NUR. UND?

STEHT DIR, DOCH.

NICHT ZU INTELLEKTUELL ODER SO WAS?

NAJA, EINE GEWISSE REIFE STRAHLST DU SCHON AUS...

NICHT MEHR FUCKABLE!

NA, 'N STRAFFEN DREISSIGJÄHRIGEN MACHT DIE BRILLE NICHT AUS DIR!

OK... BEIM SEX MUSS ICH SIE JA NICHT TRAGEN!

BIN JA KURZSICHTIG! WAS VOR DER NASE STEHT, SEH ICH JA NOCH!

EBEN. UND WER HAT SCHON NOCH SEX?

ICH! DIENSTAG KOMMT INGO!

OK, DEIN INGO! ABER SONST?

DER SCHWANZ WIRD KLEINER ?!!

DÜNNER UND KÜRZER! AM ENDE EINES LEBENS BIS ZU DREI ZENTIMETER!

JA, HAT DIE EVOLUTION SIE EIGENTLICH NOCH ALLE ?!!

UND ER WIRD BLASS.

DIE GUT DURCHBLUTETE EICHEL, DIESES GESUNDE ROT-VIOLETT! VERBLASST MIT DEM ALTER! UND DIE SCHAMBEHAARUNG DÜNNT AUS UND DIE SPERMAMENGE SINKT AUF UNTER ZWEI MILLILITER!

NA TOLL !! WIESO HÄNGT UNS NICHT NOCH IRGENDWANN DIE KOHLRAUSCHE FALTE AUS DEM ARSCH ?!

JA, WIR WERDEN GEDEMÜTIGT...

DA KOMMT ROBERT. DER SIEHT DAS ALLES ERFRISCHEND PRAGMATISCH.

HI...

HI!

HALLO...

UND?

UND BEI EUCH ALLES FIT?

JAU, SO WEIT...

PAUL SCHIEBT WIEDER SEINE MIDLIFECRISIS, UND NUN BRAUCHT ER AUCH NOCH 'NE BRILLE!

MIT BRILLE KRIEGT ER ABER KEINEN MEHR AB UND ÜBERLEGT NUN, OB ER IN DEPRESSIONEN VERFALLEN ODER DROGEN NEHMEN SOLL ODER GLEICH HIER VON BALKON SPRINGEN!

SORRY, DAS SCHICKSAL GIBT MIR JETZT DEN REST!

ICH GEH DUSCHEN.

DANKE FÜR DIE ANTEILNAHME!

JA, DAS KLANG JETZT EIN WENIG HERZLOS.

MEIN GATTE IST MANCHMAL ETWAS UNSENSIBEL.

SCHON VERSTANDEN! DAS AUFHÖREN DER SEXUALFUNKTIONEN BEIM MANN IST EIN LUXUSPROBLEM!

ABER NE'IN...

ICH HAB SOGAR SCHON ALTERSFLECKEN! HIER, HIER UND HIER!

DU BIST AUCH SIEBEN MONATE ÄLTER ALS ICH!

DAS IST WAHR!

SELBSTVERSUCH

GUCKT DOCH KEINER!

95

UND GLAUB MIR, KEIN BEDÜRFTIGER ALTKLEIDER-TRÄGER WILL IN DEINEN GESCHICHTSTRÄCHTIGEN LEDERHOSEN, JOCK-STRAPS UND LATEX-SHORTS RUMLAUFEN.

UND DIESE T-SHIRTS! WAS DIESE T-SHIRTS ALLES GESEHEN HABEN! ICH SAH SO SEXY AUS IN DIESEM T-SHIRT, WEIL GRAUER, ENG-ANLIEGENDER FEINRIPP UND OBEN AM KRAGEN LEICHT DIE NAHT GERISSEN...

NA, FEINRIPP IST JA STRETCH, DAS KRIEGST DU BESTIMMT NOCH ÜBERN BAUCH!

OH, UND MEIN BUNDESWEHR-HEMD! WIE KOMMT DAS DENN DA REIN?!

DU HAST ES VORHIN REINGEWORFEN.

NACH MINUTENLANGER DISKUSSION.

PAUL, DU BIST DREIUNDFÜNFZIG!

DU TRÄGST AUCH NOCH PEINLICHE MUSKEL-SHIRTS!

ICH GEH AUCH JEDEN ERSTEN DONNERSTAG IM MONAT ZUM KRAFTTRAINING!

SIEHT MAN NICHT.

DANKE!

DU WILLST NUR ABLENKEN! PAUL, SO IST ES NUN MAL: EINE ÄRA GEHT ZUENDE! SEXY WAR GESTERN, MACH DEN SACK ZU!

KEUCH...

ICH KANN DAS NIHIHICHT!!!

97

BUFFTA BUFFTA BUFFTA

JA, JA... MAL WOLLEN SIE EIN HAUS KAUFEN, MAL BAUEN, MAL AUFS LAND ZIEHEN... AUF JEDEN FALL NACHTS IN DER KÜCHE SITZEN UND KÄSEKUCHEN ESSEN WIE DIE GOLDEN GIRLS!

UND DARÜBER VERGEHEN DIE JAHRE, UND JEDER SITZT FÜR SICH ALLEIN VOR DER GLOTZE!

MEINE REDE! WAS, PAUL?

HM.

FÜR DIE DREISS'GJÄHRIGEN HIER IST MAN ZWAR EIN NEUTRUM, ABER IST OK! IM ERNSTFALL WÜRDE EH NICHTS MEHR HART.

ALSO, NICHT RICHTIG, RICHTIG HART!

JA, FRÜHER WAR HÄRTER.

ICH GEH TANZEN!

BUFFTA BUFFTA

OK...

IST JAHRE HER, UND WAS HAB ICH HIER FRÜHER GE-TANZT, VER-DAMMT!!

NA, DANN MACH! WOZU DIE EIN-LEITUNG?

WEISS NICHT... SIEHT VIELLEICHT PEINLICH AUS.

WAS'N MIT DIR LOS? SO VER-SCHÄMT KENN ICH DICH JA GAR NICHT!

DAS IST DIE ANDRO-PAUSE. GERINGERES SELBSTVERTRAUEN.

ACH PAUL...

BUFFTA BUFFTA BUFFTA BUFFTA BUFFTA

BUFFTA BUFFTA BUFFTA BUFFTA BUFFTA

BUFFTA BUFFTA BUFFTA BUFFTA BUFFTA

BUFFTA BUFFTA BUFFTA BUFFTA BUFFTA

BUFFTA BUFFTA BUFFTA BUFFTA BUFFTA

B~~UFFTA~~ BUFFTA BUFFTA ~~U~~FFTA

WAS? KN'E? BANDSCHEIBE?

STEISS-BEIN...

AUTSCH.

SAH ABER GUT AUS. HAST ES NOCH DRAUF.

DANKE.

BUFFTA BUFFTA BUFFTA BUFFTA BUFFTA

ALLERDINGS WIRKT DEINE HAARTÖNUNG BEI SCHWARZ-LICHT ETWAS KONTRA-PRODUKTIV.

?!

ALEXIS! NIMM DEINE BLONDE SCHLAMPE UND VERLASS MEIN HAUS!!

BOCKWURST

MÜTTER-DÄMMERUNG

112

ZUKUNFTSÄNGSTE

80% ALLER INSEKTENARTEN SIND IN DEN LETZTEN JAHREN VERSCHWUNDEN! WEGEN PESTIZIDEN UND UMWELTSCHEISS!

HM.

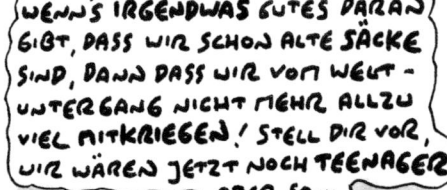

WENN'S IRGENDWAS GUTES DARAN GIBT, DASS WIR SCHON ALTE SÄCKE SIND, DANN DASS WIR VOM WELTUNTERGANG NICHT MEHR ALLZU VIEL MITKRIEGEN! STELL DIR VOR, WIR WÄREN JETZT NOCH TEENAGER ODER SO ...

WAS?! NATÜRLICH WÄR ICH GERN NOCHMAL TEENAGER!! BOAH, ZEIG MIR DEN KNOPF, DEN ICH DRÜCKEN MUSS! TEENAGER! ALLES NOCH VOR SICH HABEN UND PALME WEDELN BIS DER ARM ABFÄLLT?!

ÄHM ... DAS THEMA WAR EHER –

SCHEISS AUF INSEKTEN!!!

RTD
17

LAST MAN ON EARTH!

WENIG SPÄTER ...

SCHRILL!

HEY HEY... KOMM RE—

?!

WAS MACHST DU DENN HIER ?!

WAR GRAD UNTEN IM BIO-LADEN UND DACHTE, ICH SCHAU MAL SPONTAN BEI KONRAD UND PAUL REIN!

GEHT JETZT NICHT.

ENTSCHULDIGE, DASS ICH MICH NICHT ERST MIT ZWEI E-MAILS UND DREI SMS ANGE-KÜNDIGT HABE!

IST JA GUT, ABER KONRAD IST IN SALZBURG, UND ICH ER-WARTE JE-MANDEN!

Ich bring noch
einen mit, ok?

Ach ja?
Wen denn?

Wirst sehen.
3er wird gut!

WENIG SPÄTER ...

HI...

HEY!

DAS IST PASCAL, DAS IST PAUL.

HALLO.

HI.

OK. WOLLT IHR... ERST MAL 'N BIER ODER ... BISSCHEN WAS KIFFEN?

JO, WÄR BEIDES NICHT SCHLECHT.

KIFFEN? IM ERNST JETZT?

ACH JA, DU KIFFST JA NICHT.

DANKE, IST MIR DANN DOCH ZU ACHTZIGER.

HAB WAS BESSERES DABEI.

OK, DANN NUR WIR ZWEI. ICH HOL MAL DIE UTENSILIEN.

...ZU ACHTZIGER!

WIE LANGE BIST DU NOCH IN KÖLN ?! GEHT MORGEN WAS ?

NEE, SCHLECHT.

FREITAG ?

WIRD DIESMAL WOHL NICHTS.

KOMM, NUR 'NE STUNDE, ZWISCHEN- DURCH !

ICH WARTE DRAUSSEN.

GANZ RELAXED, NUR 'N BISSCHEN NASE REINSTECKEN ! ICH BRAUCHS MAL WIEDER, WIRKLICH...

HEY. VERGISS ES, OK ?

AH. UND WANN...

KEINE AHNUNG ! WENN ICH NACH KÖLN KOMME, TREFF ICH MICH WOHL ERST MAL MIT PASCAL !

AHA ?! ... JA.

HEY, HAST DU SEINEN ARSCH GE- SEHEN ?!

DARAUF KANNSTE 'NE SEKTFLASCHE ZER- SCHLAGEN ! DER IST SECHSUNDZWANZIG !

TUT MIR LEID, IST NICHTS PERSÖNLICHES. DU BIST OK, HAT ALL DIE JAHRE BOCK GEMACHT ! DU HAST SIE SEXUELL NICHT ALLE, ABER DU BIST WENIGSTENS NICHT LANGWEILIG !

DANKE.

NUR... HEY! ICH STEH HALT AUF WAS JÜNGER !

IST NUN MAL SO ! BIN ICH AUCH NICHT DER EINZIGE ! MACH KEIN DING DRAUS !

WAS JÜNGER ?! DAS ERZÄHLST DU MIR JETZT ?! NACH ÜBER ZEHN JAHREN ?!

JA, WEIL... VOR ZEHN JAHREN WARST DU JÜNGER, ODER ?

VOR ZEHN JAHREN WAR ICH 45 !

ZUMAL IHR SCHON ÜBER ZEHN JAHRE ZUGANGE SEID! WAS'N ARSCHLOCH!

JA...
...WAS'N ARSCHLOCH...

ICH MEINE, WENN EINER DICH GAR NICHT KENNT... UND BEI GAYROMEO ÜBER DEIN PROFIL STOLPERT... UND DU STEHST DANN PLÖTZLICH VOR IHM...

...SO'N ENGES, ROSAROTES –

WAS SOLL DAS HEISSEN?

ACH NEIN, ICH SAG JETZT LIEBER NICHTS.

WAS DENN?!..

SCHON GUT! IST NICHT DER RICHTIGE MOMENT!

DANN DEUTE NICHTS AN!

OK, ICH SAG'S MIT MITGEFÜHL. DEINE INTERNETPRÄSENZ! DU SOLLTEST DEINE FOTOS AUF DEN KONTAKTSEITEN DRINGEND MAL UPDATEN!

?!

WAS, MUSS MAN JETZT ALLE PAAR MONATE SEINE PICS UPDATEN?! DIE SIND HÖCHSTENS ZWEI JAHRE ALT!

PAUL...

OK, VIER.

PAUL, DIESES BILD AUF GAYROMEO IST NEUN JAHRE ALT! NEUN! DAS IST NÄMLICH VOM CSD IN BERLIN, UND ICH HAB FOTOGRAFIERT!

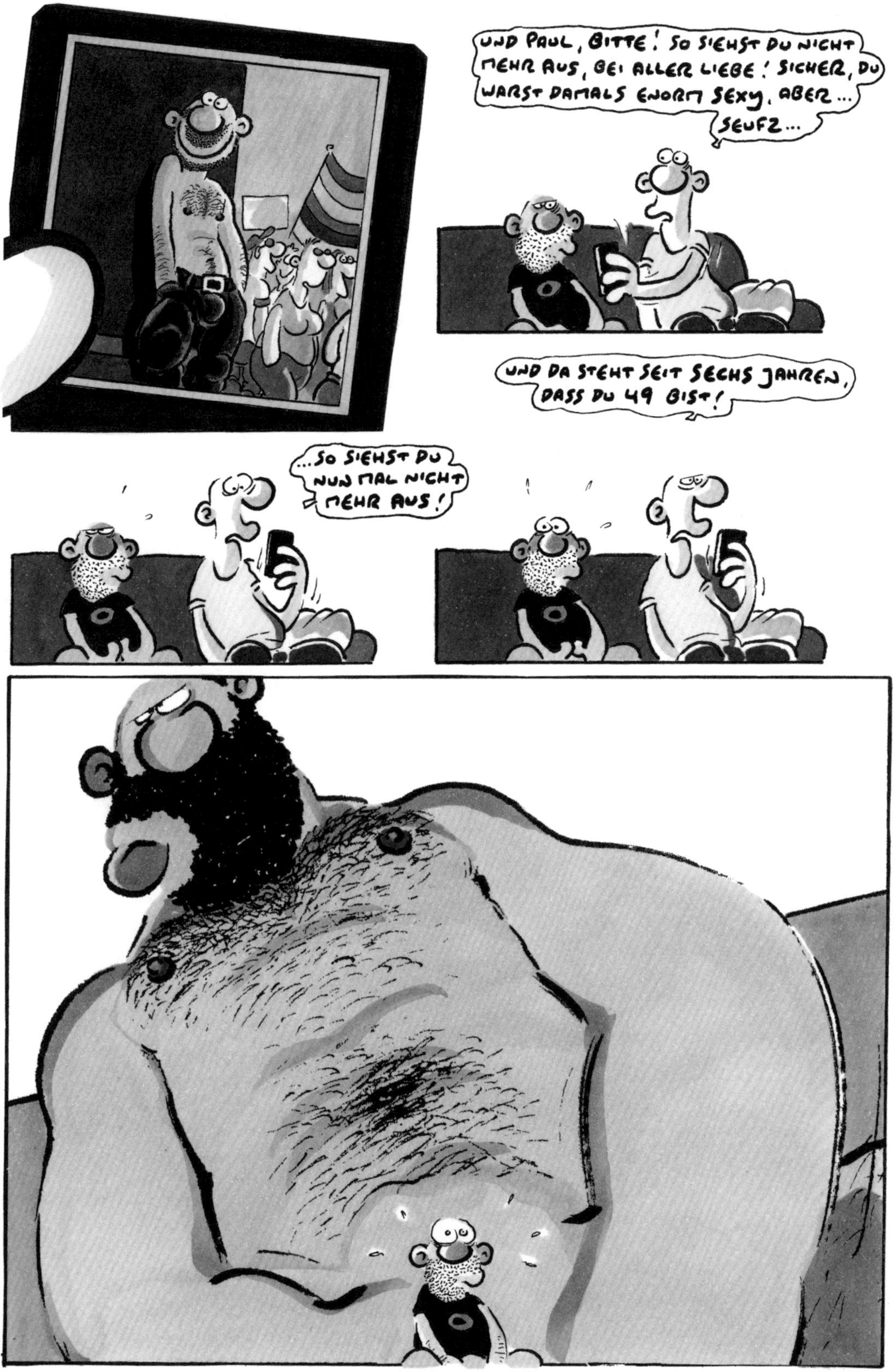

UND PAUL, BITTE! SO SIEHST DU NICHT MEHR AUS, BEI ALLER LIEBE! SICHER, DU WARST DAMALS ENORM SEXY. ABER ... SEUFZ...

UND DA STEHT SEIT SECHS JAHREN, DASS DU 49 BIST!

...SO SIEHST DU NUN MAL NICHT MEHR AUS!

HÖRST DU MIR NOCH ZU?

SCHNÜFF...

OH NO... FLENNST DU JETZT?

ABER PAUL, DAS GEHT UNS DOCH ALLEN SO! ICH KRIEG ZUM BEISPIEL WEISSE SCHAM-HAARE! WAR IMMER MEIN ALPTRAUM!

SCHLUCHZ!!

ABER WAS SOLL MAN MACHEN?!

WEGRASIEREN? DA SIEHT MAN UNTENRUM AUS WIE'N FROSCH. FÄRBEN? DANN SIEHT MAN AUS WIE MICK JAGGER!

ICH WERDE NIE WIEDER SO EINEN KERL KENNEN-LERNEN!!!

NIE WIEDER!!!

DU HEULST WEGEN DEM KERL? BIST DU ETWA VERLIEBT?

ICH WERDE NIE MEHR RICHTIG GUTEN SEX HABEN!!!

DAS WEISST DU NICHT.

ICH BIN ALT UND GRAU! DIE WOLLEN HÖCHSTENS NOCH'N BIER MIT MIR TRINKEN!

NA, VIELLEICHT MUSS ES JA NICHT IMMER ZUM ÄUSSERSTEN KOMMEN.

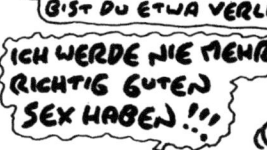

INGO WAR DIE GEILSTE WILDSAU VON HIER BIS ZÜRICH-SCHWAMENDINGEN!

I KNOW, ICH SAH IHN MAL AUF KARSTENS SILVESTERP-

DER MANN WAR SO SCHÖN!!

WIE DER SICH ANFÜHLTE! DIE HAUT MIT DEN KRATZIGEN BORSTEN ÜBERALL! UND WIE ER ROCH! UND DIESER ARSCH!! DIE DUNKLEN, HARTEN NIPPEL!

127

KOMPLIMENTE

TIRITOMBA

BETTY WER? — BETTE MIDLER! MUSST DU DOCH KENNEN! — HIER! "DIVINE MADNESS"! "RUTHLESS PEOPLE"! "THE ROSE"! — NIE GESEHEN.

ABER DER KANNTE AUCH "DAS LEBEN DES BRIAN" NICHT UND "2001" NICHT UND "GOLDEN GIRLS" NICHT UND JOHN WATERS NICHT UND — JA, GEHT ALLES DEN BACH RUNTER.

ALSO, WENN CHER ETWAS ZUSTÖSST, DAS HALT ICH NICHT AUS! I'M NOT STRONG ENOUGH!!!

WENN SELBST CHER STIRBT, DANN STERBEN WIR ALLE IRGENDWANN!! DANN HABEN WIR KEINE CHANCE!! — ?

ES WIRD PASSIEREN! WENN ES CHER DAHIN-RAFFT, DANN ERWISCHT ES UNS ALLE!! WIR WERDEN ALLESAMT AUSRADIERT! ALSO BITTE NICHT CHER!! WIR WERDEN STERBEN! — ALLE!!!

JA, DIESE MÖGLICHKEIT SOLLTE MAN IN BETRACHT ZIEHEN...

133

CHER ZEIGT DER EVOLUTION DEN STINKEFINGER!!

UND SIE IST SIEBZIG!

DER VATIKAN MUSS SIE HEILIGSPRECHEN!

HALLO?!

HIER IST EDELTRAUT! HAST DU'S SCHON GEHÖRT?

JA, ABER ALLES BESTENS. SIE IST NUR SCHWANGER.

WER IST SCHWANGER?

NA, CHER!

WIESO CHER?! ES GEHT UM PAPI!!

WENIG SPÄTER ...

STARBUCKS

DAS ALTENHEIM RIEF MICH HEUTE MORGEN AN! MAMI IST NOCH KEINE DREI JAHRE TOT UND ER MACHT SO WAS!

WAS DENN?!

ER BEGRABSCHT 'NE PFLEGERIN!

PAPI?!

134

JA, PAPI! PACKT IHR WOHL AN DIE MÖPSE UND SIE SOLL IHM DIE EIER KRAULEN UND SO!

DIE WOLLEN IRGENDWAS KLÄREN, MACH DU DAS!

WAS?!

WIESO ICH?

ICH WILL DA NICHT HIN! VERFALL UND SIECHTUM UND ALTE LEUTE, DIE KOMISCH RIECHEN!

VOR OMA TILLA HAB ICH MICH DAMALS AUCH GEEKELT! WENN DIE IMMER DIE SCHACHTEL AUFMACHTE UND MIR IHREN GALLENSTEIN ZEIGTE!

DU KOMMST MIT!

WAS GLOTZT DU SO?

DEINE LIPPEN! WIE SPRICHST DU EIGENTLICH? DURCH DIE NASENLÖCHER?

DIR TÄTEN EIN PAAR KORREKTUREN AUCH NICHT SCHADEN! IMMER MEHR MÄNNER LASSEN SICH BEHUTSAM LIFTEN! ICH SEHE FÜNFZEHN JAHRE JÜNGER AUS!

SAGT WER?

SAGEN ALLE! BEI CHER FINDEST DU JEDEN EINGRIFF TOLL!

CHER IST JA AUCH CHER! UND CHER IST SCHWANGER!

DIE HAT JA AUCH DIE DOLLARS ZUM EIERSTÖCKESTRAFFEN! ICH GEB DIR MAL DIE KARTE VON MEINEM TÄTOWIERER, DER MACHT DAS SCHWARZ NEBENBEI!

MUNDFALTEN, TRÄNENSÄCKE, SCHLUPFLIDER... MUSS ALLES NICHT SEIN! SOGAR DEN PIMMEL KANN ER DIR BLEACHEN!

ICH HAB SEIT ZWANZIG JAHREN'N WARTUNGS-VERTRAG!

WAS?

SOLLTE BEI MIR MAL WAS GEWESEN SEIN MIT MENOPAUSE, KAM DAS GAR NICHT VON INNEN NACH AUSSEN!

SCHLÜRF

WENIG SPÄTER ...

SIE HEISST LUISE!

UND SIE IST KEINE PFLEGERIN, SIE IST SENIORIN!

WIR HABEN SIE SCHON MEHRFACH BEI IHREM VATER IM BETT ER-WISCHT!

ÄHM ... WIE JETZT ...?

ICH WEISS, ES IST FÜR ANGEHÖRIGE OFT SCHOCKIEREND, IHRE LIEBEN SO VERÄNDERT ZU SEHEN!

ABER BEI ZUNEHMENDER VERWIRRUNG KOMMT ES SCHON MAL ZU SEXUELLER ENTHEMMUNG!

PAPI ?!

SO IST DAS NUN MAL, WIR VERGESSEN IMMER, DASS DIE AUCH MAL JUNG UND LEBENSLUSTIG WAREN!

WIR KÖNNEN IHREN VATER UND LUISE IN EINEM ZIMMER UNTERBRINGEN, ABER WIR MÜSSEN NATÜRLICH VORHER DIE VERWANDTSCHAFT FRAGEN.

DIE ALTERNATIVE WÄRE, IHREN VATER MIT MEDIKAMENTEN RUHIGZUSTELLEN, ABER DAS WÄRE —

MEDIKAMENTE!! KLAR MEDIKAMENTE !!!

WAS ?!

DAS IST JA TOTAL EKELHAFT !! WAS SOLL DER ALTE BOCK NOCH RUMBUMSEN ?! MEDIKAMENTE !!

ABER WENN ER MIT SEINER LUISE HAPPY IST, WIESO NICHT ?!

137

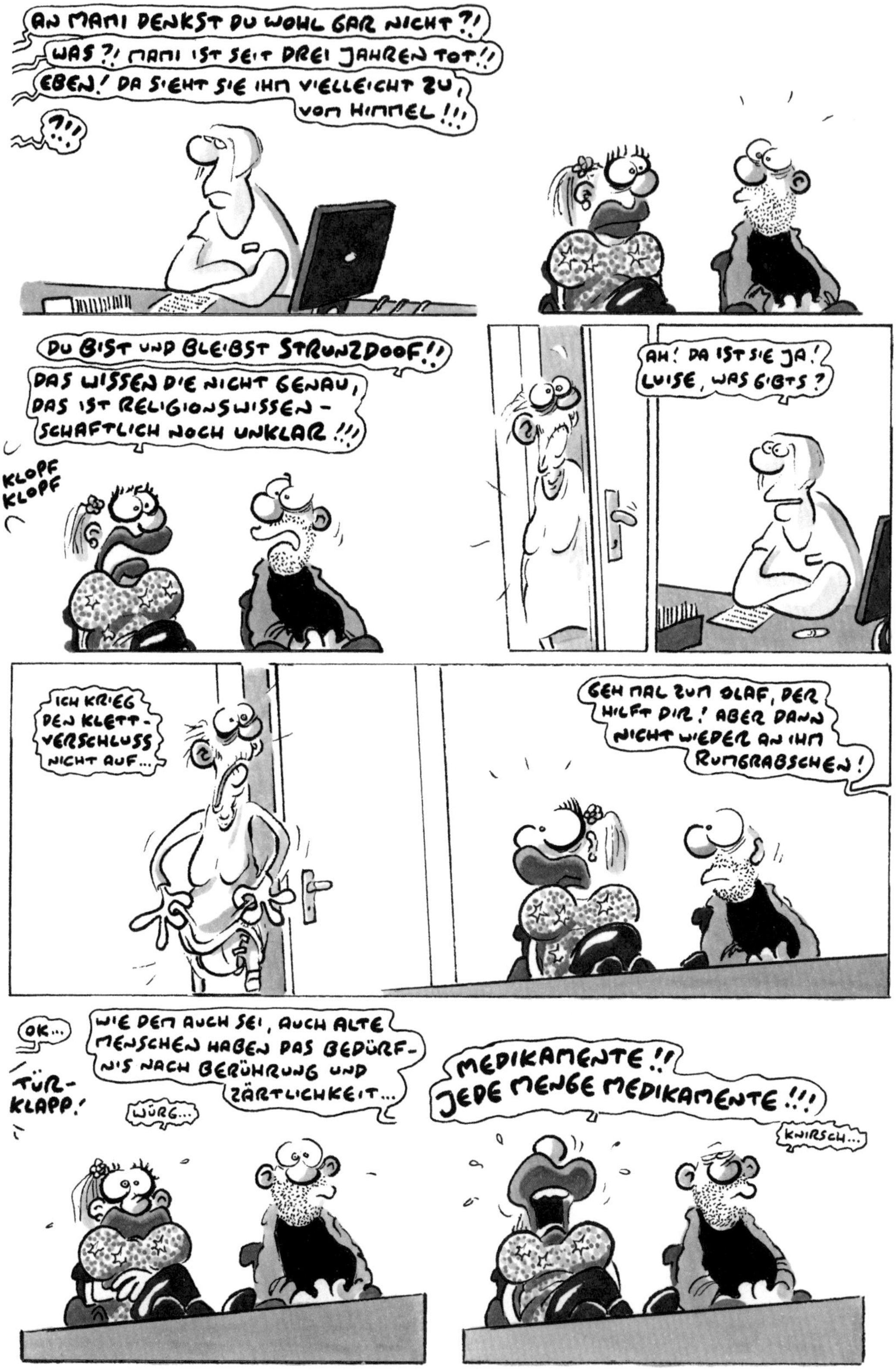

AN MAMI DENKST DU WOHL GAR NICHT?!
WAS?! MAMI IST SEIT DREI JAHREN TOT!!
EBEN! DA SIEHT SIE IHM VIELLEICHT ZU,
VOM HIMMEL!!!

?!!!

DU BIST UND BLEIBST STRUNZDOOF!!
DAS WISSEN DIE NICHT GENAU,
DAS IST RELIGIONSWISSEN-
SCHAFTLICH NOCH UNKLAR!!!

KLOPF
KLOPF

AH! DA IST SIE JA!
LUISE, WAS GIBTS?

ICH KRIEG
DEN KLETT-
VERSCHLUSS
NICHT AUF...

GEH MAL ZUM OLAF, DER
HILFT DIR! ABER DANN
NICHT WIEDER AN IHM
RUMGRABSCHEN!

OK...

TÜR-
KLAPP!

WIE DEM AUCH SEI, AUCH ALTE
MENSCHEN HABEN DAS BEDÜRF-
NIS NACH BERÜHRUNG UND
ZÄRTLICHKEIT...

WÜRG...

MEDIKAMENTE!!
JEDE MENGE MEDIKAMENTE!!!

KNIRSCH...

GRÜSSE VON EDELTRAUT. IHR WURDE
PLÖTZLICH SCHLECHT UND WEG WAR SIE.
KENNST SIE JA.

OH... SORRY...

DIE MACHEN HIER FÜR UNS AUF-FÜHRUNGEN MIT LUSTIGEN CLOWNS UND SINGENDEN KINDERN !!!

BESONDERS BELIEBT IST SITZTANZEN ! UND ALTE SCHLAGER HÖREN !!

BEI TIRITOMBA LEBEN DIE NOCHMAL RICHTIG AUF, DIE SCHLAFSÄCKE !

LUISE IST AUCH MANCHMAL PLEMPLEM, ABER DA JUCKTS WENIGSTENS NOCH IN DER WINDEL !!

AH... OK. UND ICH DACHTE, DAS HÖRT IRGENDWANN AUF MIT DEM JUCKEN...

DAS HÖRT NICHT AUF! MAN HAT BLUTHOCHDRUCK, NUR NICHT DA, WO'S SCHÖN WÄRE! ABER DAS HÖRT NICHT AUF!

DAS BLEIBT IM KOPF!!

KLOPF KLOPF

AHA.

HALLO HEINZ...

DER GÜNTER KIESEWITZ IST JA FREITAG GESTORBEN. WILLST DU MIT ZUM GOTTESDIENST?

WER WAR GÜNTER KIESEWITZ?! NEIN, ICH WILL NICHT ZUM GOTTESDIENST, ICH SITZ HIER MIT HÜFTARTHROSE UND DIABETES UND SCHILDDRÜSE! DA STECKT EUCH DEN GOTT AN DEN HUT!

VIELLEICHT BESUCHT MICH LUISE!

IHR PLATZT JA IMMER REIN, WENN MAN HIER MAL UNGESTÖRT SEIN WILL!

DA GEHT IHR ALLE MAL SCHÖN ZUM GOTTESDIENST!

OK...

TÜR-
KLAPP

PAPI, ODER SIE LASSEN DICH UND LUISE ZUSAMMEN-WOHNEN! ICH HAB DAMIT KEIN PROBLEM, ICH –

DU HAST DAMIT KEIN PROBLEM?!

ICH WILL DIESE DURCH-GEKNALLTE DOCH NICHT VIERUNDZWANZIG STUNDEN AM TAG HIER SITZEN HABEN!!

DIE WIENERT SICH DOCH UNAUFHÖRLICH DIE BROSCHE!!

MEINE GÜTE, SIE KOMMT MANCHMAL RÜBER, WIR SCHUBBELN 'N BISSCHEN RUM UND GUT IST!

DA MUSS MAN UNS DOCH NICHT GLEICH ZUSAMMEN-SPERREN!!!

WIR SIND DOCH ERWACHSENE LEUTE!!!

SCHNAUF...

143

WENIG SPÄTER ...

HIER STEHT'S: "FÜR ÄLTERE MENSCHEN BEDEUTET SEX EHER ZÄRTLICHE MASSAGE UND LIEBEVOLLE BERÜHRUNG."

KLINGT NICHT SEHR KINKY.

UND NICHT NACH BROSCHE WIENERN.

ERSTAUNLICH, WIE WENIG WIR ÜBER UNSERE SENIOREN WISSEN! ALS WÄREN ES ALIENS! DABEI SIND WIR SELBST BALD SO WEIT!

NA, BIS ZUM KLETTVERSCHLUSS IST ES JA NOCH 'NE WEILE HIN!

SAG DAS NICHT, IN NUR FÜNFZEHN JAHREN SIND WIR SIEBZIG!

WIR SIND IN FÜNFZEHN JAHREN WAS ?!

ÄH... SIEBZIG? WEIL FÜNFUNDFÜNFZIG PLUS FÜNFZEHN...

WIR SIND IN FÜNF-ZEHN JAHREN SIEBZIG ?!!

JA, ABER FÜNFUND-ACHTZIG WIE DEIN VATER BIST DU ERST IN DREISSIG JAHREN!

ICH BIN IN DREISSIG JAHREN FÜNF-UNDACHTZIG?

ICH MERK SCHON, ES GIBT KEINEN TROST.

GESCHLECHTSSPEZIFISCH

DAS IST LEBEN!

WENIG SPÄTER ...

HI! DANKE, DASS DU –

WAS IST LOS?! WAS IST SO DRINGEND?!

GEORG, DU BIST ALT UND WEISE! ICH BRAUCHE DEINE UNTER-STÜTZUNG!

WOBEI?

ICH WERDE MEINE SEX-PROFILE LÖSCHEN!

SCHLUSS MIT POTENZHIRSCH...

WIESO DAS DENN?

ALLES IM LEBEN HAT SEINE ZEIT.

SEUFZ...

KOMM MIT.

DESHALB HAST DU MICH GERUFEN?! WEIL DU DEINE FICKPROFILE LÖSCHEN WILLST?!

WER WILL EINEN DENN NOCH MIT 49?

DU BIST SECHSUNDFÜNFZIG.

BEI GAYROMEO BIN ICH RUNTERGEFAKED! ABER NÜTZT AUCH NICHTS.

KEIN KERL QUAKT EINEN NOCH AN! ICH CHATTE NUR NOCH MIT DIR UND LUTSCHER UND MIKE!

HEUCHLER.

Oh. Tut mir leid.

QUAK QUAK

War ne Prinzessin mit Drogenproblem.

WÜRDEST DU DICH DISKRET EIN PAAR METER RICHTUNG SOFA BEGEBEN?

ENTSCHULDIGE, GRAD SOLLTE ICH DIR NOCH BEIM SELBSTMORD HELFEN!

QUAK QUAK

Bin demnächst wieder in Köln.

ER WILL FICKEN!

NA, DAS GEHT JETZT NATÜRLICH NICHT MEHR!

WAS? WIESO NICHT?

WEIL DU JETZT AUF PROFIL LÖSCHEN KLICKST!

ICH HALTE DIR DIE HAND UND DU KLICKST! HAB KEINE ANGST, DAS GEHT GANZ SCHNELL! EIN MAUSKLICK UND DU EXISTIERST NICHT MEHR AUF DEM PLANETEN ROMEO!

ABER ICH HABE GRAD EINEN GANZ UNERWARTETEN TESTOSTERON-SCHUB!

ABGELEHNT!

DU BIST SECHSUNDFÜNFZIG, DA PASSIERT NICHTS MEHR! MORGEN BIST DU STEINALT, KRANK UND POPELST DIR DEMENT IM HINTERN RUM! ERSPAR DIR DAS, GLAUB MIR, ES IST BESSER SO! LÖSCH DICH AUS!!!

ABER ES IST INGO AUS ZÜRICH!

Hey Grosser! Alles fit? ☺

QUAK QUAK

UND NUN NOCH BOCKWURST AUS LEVER-KUSEN!

DENK AN DEN LEISTUNGSDRUCK! DIE ERWARTEN JA WAS! DU MUSST ZÜGIG VER-STEIFEN UND DIE VERSTEIFUNG HALTEN, ÜBER STUNDEN!

ABER DU BIST SCHLAFF, GRAU UND FORMLOS! DEIN ARSCH HÄNGT AUS DEN CHAPS WIE EIN ÜBERREIFER TORTENBRIE!!

FRÄNZCHEN UND KLAUS WAREN KLÜGER, DIE SIND DAMALS AM VIRUS VERRECKT, MIT ANFANG DREISSIG! HÄTTEST DU AUCH MACHEN KÖNNEN!

KLAUS WÜRDE DICH BESTIMMT BEDAUERN, WEIL BOCKWURST AUS LEVERKUSEN DICH IMMER NOCH SCHARF FINDET, MIT SECHSUNDFÜNFZIG!

DIE JUNGEN SCHREIEN "OHO, WAS NEUES!" UND WIR ALTEN GÄHNEN NUR, WEIL ALLES SCHON MEHRFACH GEHABT!

WIR SIND NICHT MEHR AUF SPEED WIE MIT 20 ODER 30 UND NICHT MEHR SO POTENT WIE MIT 40, ABER DAS AUSBREMSEN HAT AUCH WAS GUTES!

HM.

IST WIE IM ICE, DER LANGSAMER WIRD! MAN HAT MEHR ZEIT, DIE LANDSCHAFT ZU BESTAUNEN!

MAN WEISS, WAS MAN DEMNÄCHST NOCH BESICHTIGEN WILL UND WAS LIEBER NICHT, MAN DENKT DARÜBER NACH, WO MAN HERKOMMT UND WO MAN HIN-WILL...

... UND WIE VIELE BAHNHÖFE MAN SCHON ANGEFAHREN HAT, UM DA ZU SEIN, WO MAN IST!

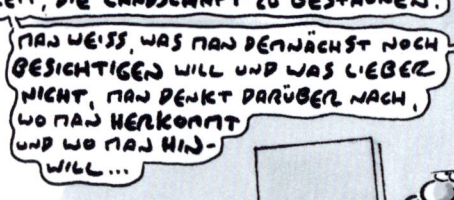

MANCHER ORT WAR SCHÖN, DAHIN MÖCHTE MAN GERN NOCH MAL ZURÜCK, ABER DER ZUG FÄHRT LEIDER NUR NACH VORN...

ERST GEGEN ENDE DER REISE ERGEBEN SICH TECHNISCHE BETRIEBS-STÖRUNGEN, UND MAN FÄHRT REIN IN DEN DUNKLEN TUNNEL!

VON DEM JA KEINER WEISS, OB AM HINTEREN ENDE NICHT DOCH NOCH EIN LICHT IST.

OH GOTT, ICH KLINGE WIE EINER VON DIESEN LEBENS-RATGEBERN!

GUT, DASS DU'S SELBST MERKST.

TROSTLIED

WIE LANGE NOCH?

WENIG SPÄTER ...

KATHOLISCHES SENIOREN-WOHNHEIM ZUR HEILIGEN SPROTTA

HALLO JUNGS.!! UND? MOTIVIERT?!!

HM.

SCHNARCH...

DAS HAT IN ROM DIESER BILDHÜBSCHE KELLNER GEMACHT!

DER IST BESTIMMT AUCH SCHON IM BE-TREUTEN WOHNEN...

IST DAS NICHT UNGEHEUERLICH, DASS DAS ALLES SCHON SO LANGE HER IST?

JA, ERZÄHL MIR WAS.

WAS GIBT UNS MUT ZU WORT UND TAT?

IST, DASS WIR SIND, NICHT SCHON VERRAT AM GANG DER ZEIT, DIE UNS NICHT BRAUCHT, DIE OHNE UNS INS LEERE TAUCHT...

WAS UNSER WAR, LEID, SCHMERZ UND GLÜCK : VORBEI, VORBEI... INS NICHTS ZURÜCK!

WAS?

GEDICHT VON OTTO PICK!
„WIE LANGE NOCH..."

MANN, DU VERSTEHST ES, DIE STIMMUNG SEXUELL AUFZULADEN!

DU MACHST DIR ZU VIEL DRUCK! KEINER MUSS IN UNSEREM ALTER NOCH AUFGELADEN SEIN!

HALLO?! ICH HAB UNS 'NE VIAGRA BESORGT, WEIL DU UNSEREN JUBEL-TAG BEBUMSEN WOLLTEST!

NAJA, IST HALT 'NE OPTION! VIELLEICHT PASSIERT WAS ODER AUCH NICHT...

OK, ICH GEH MAL PINKELN. DEIN OHRENSAUSEN WIRKT JA NOCH 'NE WEILE!

ÄCHZ!

GEHTS?

JA, JA...

SCHNAUF...

ALSO NICHT FICKEN. UND DAFÜR SASS ICH 'NE HALBE STUNDE AUF'M SCHLAUCH!

167

WENIG
SPÄTER ...

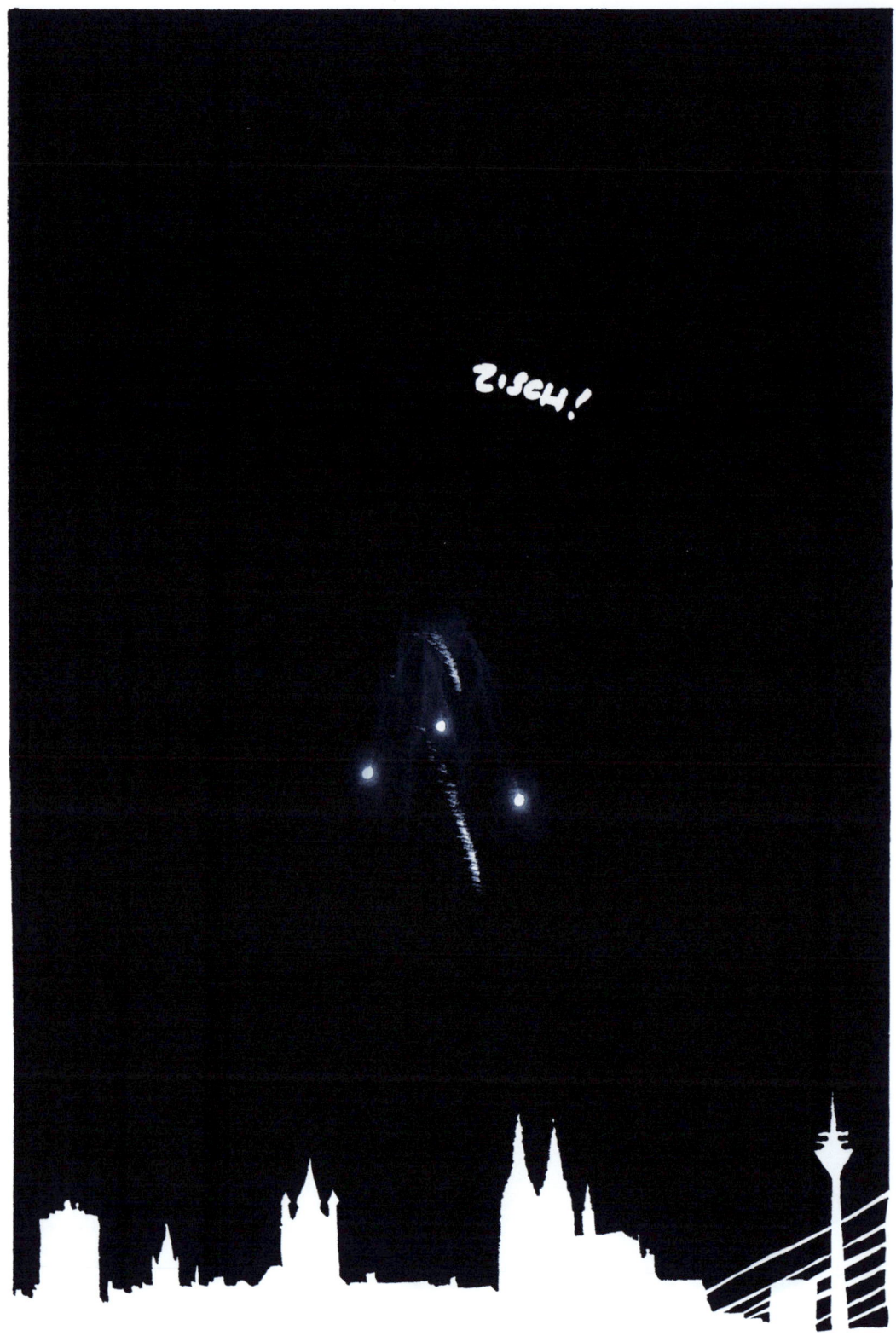

Ralf König, 1960 in Soest geboren, Studium der Freien Graphik an der Kunstakademie Düsseldorf, ab 1980 Comic-Veröffentlichungen in diversen Schwulenmagazinen. Durchbruch mit *Der bewegte Mann* (1987), der als Comic wie als Film ein großes Publikum eroberte. Vielfache Auszeichnungen (u.a. 2010 mit dem Max-und-Moritz-Preis für den besten Comic-Strip für *Prototyp* und *Archetyp*). Seine Comics wurden in 18 Sprachen übersetzt. Zahlreiche Ausstellungen, z.B. 2012 das Ursula-Projekt im Kölnischen Stadtmuseum zu den *Elftausend Jungfrauen*. 2014 erhielt er den Max-und-Moritz-Preis für sein Lebenswerk und 2017 den Wilhelm-Busch-Preis. Königs Veranstaltungen mit projizierten Comics und den von ihm gelesenen Sprechblasen sind immer ein großes Vergnügen.

www.ralf-koenig.de